COMITÉ CENTRAL SYRIEN

La Syrie
devant la Conférence

MÉMOIRE

à Monsieur Georges Clemenceau
Président du Conseil français,
Président de la Conférence de la Paix,

et à MM. les Délégués des Puissances Alliées
et Associées à cette Conférence

(Documents et Cartes)

PARIS
3, RUE LAFFITTE, 3

JANVIER 1919

LA SYRIE
devant la Conférence

Le Conseil du Comité Central dûment mandaté par les Comités, groupements et personnalités syriens et libanais résidant en France, en Egypte, dans les deux Amériques, en Australie et dans toutes les parties de l'Afrique et en conformité de vues avec la délégation officielle du Gouvernement du Liban — qui, toutefois, subordonne sa participation à l'extension territoriale de cette province au régime de la garantie de la France étendue sur tout l'ensemble de la Syrie.

Après avoir pris connaissance, dans sa réunion de ce jour, de la totalité des lettres et télégrammes adressés de toutes parts et concluant à l'adoption du recours à la France pour la reconstitution de la Syrie dans son intégralité territoriale et son unité nationale.

Constatant que, dans les pires malheurs, les Syriens ne se sont jamais adressés qu'à la France seule et décidant de persister dans cette ligne de conduite, fidèle en cela à sa conscience et à la volonté de ses mandants et adhérents, — vote à l'unanimité la motion ci-après et charge son président de la transmettre à M. Georges Clemenceau, président du Conseil français, président de la Conférence de la Paix :

Le Conseil, de plus en plus anxieux, depuis surtout que des nouvelles de Syrie, de source sûre, lui signalent le danger que courent l'intégrité et l'unité syriennes du fait d'une propagande dite hedjazienne qui ne tend à rien moins qu'à creuser à nouveau et à approfondir le fossé ancien entre les deux fractions religieuses les plus importantes du pays.

S'autorisant des promesses françaises notamment des termes de la lettre de M. le Président du Conseil en date du 6 décembre 1918.

Se permet d'exposer ce qui suit :

Etant avéré que tout morcellement de la Syrie, toute mainmise étrangère, tout débordement sous quelque forme que ce soit d'un État voisin européen ou arabe sur le territoire syrien, comme tout rattachement par n'importe quel lien, fût-il le plus léger, au Gouvernement de ses anciens bourreaux ou à tout autre, causeraient un préjudice mortel à l'unité indispensable à la reconstitution de ce pays, ainsi qu'à son avenir moral, politique et économique.

Attendu que ce serait réduire la Syrie, déjà de modeste dimension, à des miettes dont chacune ne pourrait vivre d'une vie propre;

Que ce système serait en complète contradiction avec les buts de guerre des Alliés, comme avec le programme du Président des Etats-Unis et que — pour tout petit que soit le pays où il serait appliqué — il n'en constituerait pas moins l'avortement des nobles ambitions qui ont porté les armées alliées et associées à la Victoire;

Attendu que, pour essayer de légitimer de tels projets, il est mis en avant les divisions qui existeraient dans les populations elles-mêmes;

Mais, attendu que l'union de ces populations aussi bien musulmanes et chrétiennes que druzes, metwalis et israélites, réalisée peu avant la guerre et affirmée pendant les quatre années d'épreuves indescriptibles où des mères affamées ont mangé leurs enfants, n'aurait aucune raison de ne plus subsister si l'on n'avait soin de réveiller, avec d'anciens antagonismes d'intérêts politiques et matériels, les regrettables et pernicieuses distinctions passées;

Considérant que ce réveil n'est dû qu'aux mêmes causes qui occasionnèrent en 1860 les massacres des chrétiens : à savoir, la lutte pour une prédominance d'influence dans ce malheureux pays;

Que de ce jeu des rivalités européennes vint, entre autres malheurs, l'échec du projet français de 1861 d'autonomie du Liban agrandi, qui eût pu constituer le premier échelon de l'autonomie syrienne et endiguer ainsi les débordements turcs et allemands de 1915 à 1918;

Qu'il importe, pour l'honneur de l'Europe et pour la gloire jusqu'ici sans tache des Alliés, qu'il n'y ait plus dans ce pays qu'une seule et unique — mais indispensable — influence pour le relèvement moral et l'établissement durable de l'union des populations menacées de nouveau de se diviser en clientèles de telle ou telle puissance ou de tomber dans l'anarchie dont profiterait le voisin le plus proche et le plus vigilant;

Attendu, en tout état de cause, que si l'on voulait s'inspirer véritablement des vœux du pays, il faudrait se reporter à l'époque de la guerre où aucune intervention, partant, aucune pression ni propagande soi-disant amicale, ne poussaient les affamés, les déportés, les condamnés à mort à appeler la France à leur secours à l'exclusion de toute autre;

Que si, néanmoins, l'idée était suggérée de recourir à présent à une consultation des populations syriennes, il faudrait, pour

harmoniser les actes avec les paroles, qu'elle fût étendue aux
pays immédiatement voisins que secoue en ce moment une crise
— choc en retour — due précisément à la campagne pour l'indépendance totale menée en Syrie;

Mais, considérant qu'en équité, les Alliés ne pourraient sans
encourir de graves et redoutables responsabilités pour l'avenir se
fier à des consultations de populations que leur élite même juge
encore peu aptes à se prononcer sur le sort qui leur conviendrait
le mieux,

Qu'en l'espèce, les Syriens, le cou encore incomplètement dé-
gagé d'un joug cruel et séculaire, ont encore de la peine à
croire à leur salut et qu'il serait peu humain de les acculer, en
cet état, soit à l'ingratitude envers la fraction occupante des
forces britanniques qui pèserait sur leurs suffrages, soit à l'oubli
des bienfaits reçus depuis toujours d'une nation envers laquelle
ils ont continué, jusque devant la mort, à professer le culte le
plus touchant,

Adjure le Gouvernement français et ses plénipotentiaires à la
Conférence de la Paix de faire valoir auprès de leurs éminents
collègues, ces raisons et d'autres encore que le Comité tient à
leur disposition, en faveur des aspirations syriennes presque unanimes antérieurement à l'occupation des Alliés, maintenant en
partie divisées, chez les uns, par le désir de se rattacher
à leurs coreligionnaires de l'Hedjaz, chez d'autres par la
perspective d'une indépendance totale irréalisable quant à présent
et qu'il serait peu charitable de faire luire à leurs yeux sortis
à peine de plusieurs siècles de ténèbres;

Supplie la Conférence, après s'être éclairée sur la question
par un examen impartial et attentif, de décider la réalisation
des vœux syriens, à savoir : la reconstitution, par les soins de
la France et en collaboration amicale avec ses populations, de la
Syrie intégrale, fédérative, sous un régime d'autonomies provinciales aussi étendues que possible, en écartant tout projet de
dynastie arabe incompatible avec l'intérêt général syrien et contraire à l'histoire, à la géographie et à l'ethnographie, et de
donner ainsi à ce pays le statut démocratique national que ses
longues épreuves lui ont mérité et qui, avec la collaboration
demandée de son éducatrice première, le fera accéder rapidement
à l'indépendance totale quand il aura pris conscience et donné
des preuves de sa capacité de se gouverner lui-même dans la
liberté et dans la dignité.

DOCUMENTS

I

Requête des Comités Libano-Syriens d'Egypte

adressée à

Leurs Excellences les Ambassadeurs des Puissances Alliées à Paris et à Leurs Excellences les Plénipotentiaires des Puissances Alliées à la Conférence de la Paix.

Le Caire, 10 janvier 1919.

EXCELLENCES,

Les soussignés, membres du Comité Libano-Syrien du Caire, mandataires d'une collectivité de la Colonie Libano-Syrienne du Caire, de Tantah et de Port-Saïd, chargés de faire parvenir à MM. les Ambassadeurs et les Plénipotentiaires des Puissances alliées au Congrès de la Paix les vœux de leurs mandants au sujet de l'avenir de la Syrie, leur patrie d'origine, ont l'honneur de soumettre les vœux suivants :

1. — Affranchissement de la Syrie de la domination de la Turquie et sa libération de tout lien qui pourrait la rattacher à cette Puissance, fût-il même théorique et nominal.

2. — Octroi à la Syrie intégrale et unie politiquement et économiquement une indépendance subordonnée à une période d'entraînement et d'apprentissage dans la science du gouvernement avec l'aide d'une puissance tutrice, la France, chargée de ce soin par l'accord franco-britannique, sur la base des autonomies provinciales. Parmi ces provinces, le Liban, déjà autonome, conservera son caractère propre et sera agrandi.

3. — Séparation complète de la question syrienne de la question arabe proprement dite et création d'un gouvernement

national syrien, constitutionnel et démocratique avec un chef constitutionnel et exempt de tout caractère religieux.

Les vœux qui précèdent sont justifiés par les raisons suivantes :

SUR LE PREMIER VŒU

Nous n'avons pas besoin de nous étendre sur la nécessité inéluctable de soustraire la Syrie à la domination turque. Les Alliés l'ont promis généreusement, et, après l'avoir libérée au prix du sang de leurs enfants, ils ne sauraient la rendre à la Turquie. Ils ne sauraient même lui admettre une souveraineté nominale, en se fiant à l'efficacité d'un système d'autonomie quelconque, car l'expérience d'un siècle a démontré l'illusion des réformes faisant l'objet d'un pareil système. Sir Mark Sykes l'a constaté avec raison dans son discours du 23 décembre 1917, à Paris : « L'histoire de la Turquie pendant le siècle dernier a été une histoire de réformes écrites en lettres de sang. »

Si l'histoire des massacres des Arméniens et des Syriens durant le siècle dernier ne suffit pas à démontrer l'indignité de la Turquie à gouverner ou à dominer des peuples étrangers à sa race, celle des horreurs de la présente guerre y suppléera. L'Arménie et la Syrie réduites au minimum par le fer et par la famine ont bien droit de réclamer aux Alliés, champions de la justice et de la liberté, leur libération définitive et complète du joug de cette puissance.

SUR LE DEUXIÈME VŒU

L'indépendance est l'idéal de tout peuple, comme de tout individu ; mais, dans les temps modernes, un peuple ne peut pas en jouir s'il n'y a pas fait un long apprentissage. Un peuple dont l'histoire depuis des siècles est une suite ininterrompue d'invasions et d'asservissements, qui professe des religions diverses et souvent rivales déterminant dans son sein des divisions et des compétitions nuisant à son unité nationale et politique, ce peuple ne saurait compter sur ses propres moyens pour se gouverner. Il a besoin d'un éducateur pour l'instruire et le préparer à l'indépendance.

Le choix de cet éducateur se présente de lui-même.

Il est indéniable que la Syrie a été ouverte à la civilisation européenne, non par le gouvernement qui la dominait, mais par des éducateurs étrangers. Parmi ceux-ci, les Français ont été les plus nombreux et les plus anciens, et la majorité de la population *instruite* a reçu son instruction dans les Écoles françaises.

Au bienfait de l'instruction, il faut ajouter les relations séculaires de la France avec la Syrie qui lui ont créé dans le pays des intérêts supérieurs à toute autre nation ; c'est une question d'histoire qu'il suffit de rappeler pour en établir l'évidence. Ces relations ont été favorisées, au cours des siècles, par la situation géographique des deux pays sur les rives d'une même mer ; elles ont eu pour origine des échanges commerciaux qui ont déterminé une association naturelle d'intérêts en même temps qu'une réciprocité de sympathie que l'instruction est venue développer et cimenter.

D'autre part, par l'effet de ce même voisinage de la Syrie avec d'autres peuples de la race gréco-latine répandue sur les mêmes rives, le peuple syrien a, à la longue, fini par s'imprégner de la mentalité et du caractère de ses voisins maritimes et est devenu plus apte à la culture latine qu'à toute autre culture.

D'ailleurs la Grande-Bretagne ayant elle-même reconnu à la France une prépondérance en Syrie, les Syriens n'avaient qu'à sanctionner le choix consacré par l'accord anglo-français au sujet de leur pays.

Mais il y a une discordance à l'égard du vœu de l'indépendance. D'aucuns préconisent l'indépendance absolue se basant : 1° sur une fausse interprétation des buts de guerre des Alliés, 2° sur le droit naturel, et 3° sur la prétendue aptitude de la population à se gouverner elle-même.

Sur le premier point : les Alliés connaissent mieux que nous le but qu'ils se sont proposé de la guerre à cet égard ; mais il semble inadmissible qu'ils aient jamais entendu abandonner à lui-même un peuple notoirement incapable de se gouverner pour les raisons citées plus haut, et l'exposer ainsi aux dangers de l'anarchie et de l'asservissement. D'ailleurs l'article 12 des conditions de la Paix établies par M. le Président des Etats-Unis d'Amérique dit clairement : « Les nationalités (non turques) « soumises à l'autorité turque doivent jouir de la sécurité d'exis- « tence et d'un *développement* autonome. » Ce développement ne peut se réaliser qu'avec une aide compétente.

Sur le deuxième point : Le droit naturel seul ne peut constituer un argument suffisant pour un peuple qui vit dans un monde civilisé et qui a des obligations à remplir envers lui-même et envers les peuples voisins et éloignés avec lesquels il est appelé à entrer en contact. Les relations entre peuples sont réglées par des lois et des coutumes auxquelles le droit naturel ne peut suppléer, mais qu'il faut apprendre et savoir appliquer.

Sur le troisième point : La prétention à la capacité n'est basée sur aucun argument sérieux, pas plus que sur des données de l'expérience, mais seulement sur des analogies : du moment que d'autres peuples ont été affranchis et se sont gouvernés eux-mêmes, nous devons être capables d'en faire autant. D'abord, les peuples auxquels on fait allusion : les Serbes, les Roumains, les Bulgares, les Grecs, etc. ont coopéré à leur propre affranchissement. Ensuite, ils sont homogènes dans leur masse et unis par les liens de race et de religion ; ils étaient unanimes dans leurs aspirations nationales, sans divergence entre eux, et, en outre, ils possédaient des chefs communs qui contribuaient à assurer leur unité nationale. Or, la Syrie manque de toutes ces conditions essentielles. Elle se compose de sectes diverses et rivales, et le sentiment d'unité nationale n'a pas encore été créé en Syrie.

D'autre part, le sentiment de ces rivalités est toujours vivace, et pour le dominer, la seule volonté des intéressés ne suffit guère ; il faut l'autorité d'un arbitre qui soit à même de tenir en respect les rivalités et équilibrer les influences, jusqu'à ce que les populations aient été amenées par le progrès à oublier les différences de culte pour ne tenir compte que de la nationalité syrienne.

INTÉGRITÉ ET UNITÉ POLITIQUE DE LA SYRIE

Nous désirons le maintien de l'intégrité de la Syrie et de son unité politique pour des raisons toutes naturelles. Bien que issus de races diverses, nous nous sommes solidarisés par les besoins de la vie sociale et économique, aidés en cela par la communauté de langue. On ne saurait plus, dès lors, invoquer les divisions politiques et ethniques de l'antiquité pour nous diviser en régions exiguës et nous condamner à reculer de 20, 30, ou même 40 siècles, au temps des Hébreux, des Phéniciens, des Chananéens, des Araméens, etc... Dans les temps modernes où la superficie des Etats libres atteint des proportions considérables, où ces Etats contiennent des populations se chiffrant par dizaines de millions, et où la Syrie ne figure que comme simple province, on ne saurait la morceler sans la condamner à dépérir.

SUR LE TROISIÈME VOEU

Nous désirons la séparation complète de la question syrienne et de la question arabe, parce que la Syrie, quoique aujourd'hui de langue arabe, n'est point de race arabe. Nous en appelons à ce sujet à l'histoire et à la conscience des savants. Nous invoquerons au hasard le témoignage du célèbre Recteur de l'Université d'Aberdeen, Sir George Adam Smith, auteur d'une brochure toute récente, de l'an dernier, ayant pour titre : « Syria and the Holy Land. » Il y soutient avec une certaine insistance et en plusieurs parties de son ouvrage que les Syriens ne sont pas des Arabes. Sir George dit notamment, page 11, ce qui suit :

« In the English Old Testament the names Syria and Syrians
« render the Hebrew « Aram », the designation of the fourth
« Semitic race which, with Pheniciens, Hebrews and Arabs,
« has seriously contested the possession of the country. Some
« times in ancient literature, the name Arabia included Syria,
« just ad the Turkish « Arabistan » still does: but Arabia is
« properly everything to the South and East of Syria. »

A côté de ce témoignage autorisé d'un savant contemporain, nous citerons le témoignage aussi autorisé de deux savants français du siècle dernier, MM. Jean Yanoski, professeur d'histoire, et Jules David, orientaliste, qui, dans l'introduction de leur ouvrage sur « La Syrie Moderne », édité à Paris en 1848 et que nous avons lu incidemment, disaient ce qui suit (page 6) :

« En résumé, trois grandes races, depuis douze siècles, possé-
« dèrent alternativement la Syrie *sans la peupler pourtant*, les
« Arabes, les Francs, les Turcs. Mais si aucune race n'y a nu-
« mériquement prédominé, chacune y a laissé des descendants,
« l'Égyptien comme le Circassien, les soldats d'Omar comme
« ceux de Seldjouk, les Croisés comme les Ottomans. »

Et nous pouvons assurer que le plus grand nombre d'historiens confirment cette vérité.

En réalité, un immense désert sépare les deux pays et donne la mesure de la grande distance qui existe entre eux, autant au point de vue géographique qu'au double point de vue ethnique et social.

Il est incontestable que des Arabes se sont établis en Syrie soit à l'époque de la conquête musulmane, soit dans le cours des siècles par des immigrations isolées ; mais tous ces étrangers se sont fusionnés dans la population autochtone dominante et ont perdu le cachet de leur race en adoptant les mœurs et la civilisation locales. L'histoire est témoin que la Syrie a absorbé ses propres conquérants arabes et que, grâce à son génie particulier et à sa civilisation antérieure, elle a pu imprimer son cachet sur la civilisation arabe qui a fleuri à cette époque. Cela est tellement vrai que la race conquérante a été incapable de réaliser dans son propre pays un progrès quelconque dans la civilisation qui puisse se comparer, de près ou de loin, avec le progrès atteint par la Syrie ; au contraire, elle est restée immobilisée dans son organisation primitive où elle continue à vivre encore aujourd'hui.

Voici d'ailleurs un témoignage impartial à l'appui de cette thèse que nous reproduisons du livre de MM. Yanoski et Jules David, cité plus haut, page 137 :

« Sous le Khalife Abdelmalak (mort l'an 86 de l'Hégire), le
« 7ᵉ après Mohamed, le 4ᵉ de l'heureuse famille d'Ommaya,
« l'unité du Khalifat fut rétablie... Mais par ce fait, le pouvoir
« avait changé de mains. *Ce n'étaient plus les rigides habitants*
« *de l'Hedjaz qui gouvernaient l'empire qu'ils avaient créé...*
« Par son alliance avec les Syriens, la maison des Ommiades
« avait, pour ainsi dire, abdiqué son origine et changé de natio-
« nalité. D'arabe qu'elle était elle s'est faite syrienne ; et dès
« lors, elle avait tellement modifié ses habitudes et le caractère
« de ses aïeux qu'elle devint naturellement l'adversaire de ceux
« qui s'attachaient à la tradition pure. »

Et ils ajoutent plus loin, page 198, ce qui suit :

« Malgré l'élévation au trône de l'Islam, tout à la fois politi-
« que et sacerdotal, des deux grandes maisons d'Ommaya et

« d'Abbas, malgré la soumission de tant de peuples, la conquête
« de tant de contrées... il n'en resta pas moins dans les peupla-
« des du Hedjaz et du Yémen, instinctivement attachées à leurs
» mœurs primitives, un esprit de liberté et d'indépendance qui...
» n'en conservait pas moins toutes les allures et les formes du
» passé. Tandis qu'en Syrie et en Mésopotamie, le génie des
» Moawiah et des Haroun el-Rachid organisait une administra-
» tion régulière... Ceux mêmes dont étaient sortis ces grands
» hommes conservaient leurs habitudes arriérées, leurs divisions
» en tribus et en familles. »

Si donc l'action des Khalifes du Prophète arabe a pu attein-
dre le degré d'efficacité qu'elle a atteint, c'est grâce à la culture
de la race qu'ils ont dominée, non à celle de leur propre race.

Par conséquent, ni l'identité de race ni la similitude de civilisation n'autorisent de confondre les deux pays dans une même
domination.

On voudrait invoquer en faveur de la domination arabe le
suffrage de la population et son droit à fixer son sort politique.
Mais si ce moyen est admissible, ce que nous contestons dans le
cas d'un souverain théocrate vivant en marge de la civilisation
moderne, il n'en reste pas moins nécessaire d'examiner si le suffrage populaire réunit les conditions essentielles de sincérité et
de libre expression.

Or, nous soutenons que ces conditions manquent, ou, du moins,
sont fortement compromises par plusieurs facteurs dont les principaux sont l'exploitation par des gens intéressés du particula-
risme religieux qui domine dans une population ignorante, et
la propagande effrénée qui est faite ouvertement en faveur du
roi du Hedjaz, dans un pays saturé de l'idée religieuse.

D'ailleurs, à quelle population attribue-t-on ce suffrage s'il
existe ? Probablement à la majorité de la population musulmane.

D'une façon générale, on commettrait une grande erreur en
voulant envisager l'expression de la volonté populaire orientale
sous le même angle que celle de la volonté populaire occidentale,
car le niveau de l'éducation des peuples, de même que leur mentalité, sont entièrement différents. D'autre part, en Occident, c'est
l'idéal national qui est l'objet des préoccupations des peuples,
alors qu'en Orient, cet objet est l'idéal religieux. Il n'est donc
pas étonnant que les musulmans puissent se laisser entraîner par
le sentiment religieux pour désirer d'être dominés par le roi du
Hedjaz qui est un descendant du Prophète arabe ; mais il est
incontestable que ce sentiment ne saurait constituer un critérium
pour décider des destinées politiques d'un pays et les musulmans
instruits ne peuvent soutenir le contraire.

En outre, il y a une collectivité chrétienne et israélite dont il
faut tenir compte. Cette collectivité quoiqu'elle ne forme que le
tiers de la population, constitue cependant la majorité au point
de vue intellectuel, et elle base son opinion sur des raisons de
logique et d'équité en même temps que sur des données de l'expé-

rience dans l'évolution de la civilisation moderne dépouillée de tout préjugé de religion.

Un souverain investi d'un caractère religieux par l'effet de sa naissance, même ne saurait se départir des principes d'une loi divine qui a été révélée à son ancêtre. Quelque concession qu'il puisse consentir pour se rapprocher des principes de la civilisation moderne, il y a certains points essentiels sur lesquels il ne peut transiger sans forfaire à sa conscience et à sa religion, et il s'ensuit une infériorité des non musulmans à l'égard des musulmans par suite de leur inégalité devant la loi.

D'ailleurs, la nécessité de la séparation de la question syrienne de celle des autres parties non turques de l'Empire ottoman a été proclamée par le Premier Ministre de la Grande-Bretagne, M. Lloyd George, dans le discours prononcé le 5 janvier 1918, et où il a dit textuellement :

« L'Arabie, l'Arménie, la Mésopotamie, la Syrie... suivant nous, ont le droit de voir reconnaître *leur existence nationale séparée.* »

C'est bien le vœu que nous venons formuler par la présente requête pour la Syrie prise dans son intégralité.

Le Conseil des Comités Libano-Syriens d'Egypte.

Le Conseil du Comité Central du Caire :

Abdallah Sfer Pacha, *Président* ; Hakki Bey El-Azm. *Vice-Président* ; Me Alph. Zenié ; *Secrétaire* ; M. Namé Ginem, *Trésorier* ; N. M. Shakour Pacha ; M. Saml Co-séry ; Amin Bey Boutany ; Docteur Assad Attiah ; L'Emir Moukhtar El-Jazairi ; M. Riscalla Arcache ; Docteur Alexandre Goraïeb ; M. Jean Khaouam ;

Le Conseil du Comité d'Alexandrie :

M. le Comte Georges de Zogheb, *Président* ; Me Alfred Lian, *Vice-Président* ; M. Edgard Tawil, *Secrétaire* ; M. Henri Michaca, *Trésorier* ; M. Gabriel Enkiri ; Me Pierre Trade ;

Le Conseil du Comité régional de Tantah :

Me Habib Bey Zein ; Me Nicolas Bey Arcache ; Me Constantin Bey Saadé ; Docteur F. Dahan ; Me Merhej Rizk ;

Le Conseil du Comité régional de Mansourah :

M. le Comte Aziz Saab ; M. Michel Soussa ; Docteur Amin Gemayel ; Docteur Chouéri ; Me E. Daoud ;

Le Conseil du Comité régional de Port-Saïd :

Docteur Soliman Khoury ; M. Chekri Goraïeb.

Paris, Janvier 1919.

II

Ordre du Jour du Comité Central Syrien

Novembre 1918

Le Conseil du Comité Central Syrien, réuni ce jour sous la présidence de M. Chekri Ganem, après délibération, vote, à l'unanimité de ses membres, la protestation suivante et charge son bureau de la remettre à Son Excellence le Ministre des Affaires étrangères de France en le priant, s'il le juge utile, de la communiquer aux Chancelleries des puissances alliées :

« Devant le trouble des esprits de nos compatriotes résultant de la connaissance des lignes principales des accords intervenus entre la France, l'Angleterre et la Russie publiés dans l'*Asie Française* et reproduits par la presse de France,

» Obéissant à nos propres sentiments de douloureuse surprise ainsi qu'aux sentiments de nos adhérents et des Comités ralliés au nôtre, dans toutes les parties du monde,

» Considérant que ces accords s'ils étaient tenus pour définitifs, au lieu de rétablir la paix et la concorde en Syrie, concourraient au contraire à y perpétuer et à y augmenter les divisions semées naguère par les Turcs et par la multiplicité des influences des compétitions et des rivalités européennes ;

» Qu'en outre, en confondant les territoires hedjaziens avec les territoires purement syriens et en décapitant la Syrie de Damas sa capitale, en l'amputant des ports principaux d'une côte qui est son chemin d'accès et sa sauvegarde historique, de ses plaines productives du Hauran et de ses plus importantes villes de l'intérieur comme Alep et Homs, on ne fait que la changer de servitude avec cette aggravation que, morcelée, dépecée par de puissantes mains, elle ne pourrait même plus, comme dans le passé, vivre d'espérance ;

» Attendu que fondant nos espoirs sur la France vis-à-vis de laquelle nous nous préparions à nous acquitter selon nos moyens de tous les longs bienfaits reçus, en lui confiant le soin d'organiser notre vie future dans notre intégrité territoriale et notre unité nationale ;

» Mais, attendu que le maintien de ces accords intervenus sans la consultation, ni l'aveu et sans même que connaissance ait été donnée aux malheureux opprimés de leurs termes, et de leur portée, interdit à notre faiblesse de s'opposer à leur réalisation autrement que par cette protestation ;

» La faisons humble comme notre condition, angoissée et douloureuse comme le sont nos âmes;

» Mais, voulant néanmoins espérer en la France dont l'intérêt est intimement lié au nôtre et qui, s'il était annihilé, comme il l'est effectivement par ces accords, serait notre condamnation à une vie sans dignité qui ne vaudrait pas d'être vécue,

» Tenons à ajouter à cette protestation le renouvellement de nos assurances de fidélité à notre séculaire amie,

» Déclarons à nouveau que, si nous déclinons l'honneur d'être Français ou Anglais, ou Hedjaziens, pour être modestement et simplement Syriens, nous réclamons cependant à la France l'aide qui nous est nécessaire pour organiser notre vie future, sous un régime démocratique fédératif. Nous lui demandons la collaboration puissante et généreuse de son génie, qui la porte si haute dans tous les domaines de la pensée et de l'action, et de sa vaillance légendaire qui vient de se révéler une fois de plus dans la guerre des peuples, en assurant la victoire de la liberté et du droit; et lui exprimons notre gratitude profonde ainsi qu'à ses Alliés qui, pour battre l'ennemi commun où il se trouvait et les menaçait, ont délivré notre pays et conquis à la civilisation, entité humaine, des territoires que leurs habitants pourront, avec l'aide qu'ils réclament, conserver à cette civilisation. »

III

Lettre de M. Georges Clemenceau
au Président du Comité Central Syrien

Paris, 6 décembre 1918.

Monsieur le Président,

J'ai reçu communication de la motion votée par le Comité central syrien réuni sous votre présidence, le 11 novembre dernier, au sujet de la situation envisagée pour la Syrie dans l'accord provisoire franco-anglais.

J'ai l'honneur de vous faire connaître que l'état de choses imposé par les circonstances et les diverses déclarations auxquelles se réfère le comité ont un caractère absolument transitoire, et que la question qui vous intéresse sera traitée dans toute son ampleur au Congrès de la Paix.

Je tiens, d'autre part, à vous donner l'assurance que le Gouvernement de la République n'a, en aucune façon, perdu de vue, au cours du conflit actuel, l'action traditionnelle exercée par la France en faveur des nationalités opprimées de l'Asie-Mineure. Il est spécialement résolu à assurer, par ses propres soins, l'évolution de la Syrie, en particulier, vers une civilisation pacifique, et il défendra les intérêts de cette nation dans la plus large mesure possible devant les alliés.

G. CLEMENCEAU.

IV

Lettre de M. Stéphen Pichon au Président du Comité Central Syrien

---

Paris, le 30 novembre 1918.

Monsieur le Président,

Par votre lettre du 18 de ce mois, vous avez bien voulu me communiquer une motion qui a été votée par le Comité central syrien dans sa séance du 11 novembre.

Me référant à la demande dont vous m'avez fait part par cette lettre, je me plais à vous assurer que le Gouvernement de la République n'a, en aucune façon, perdu de vue l'action traditionnelle exercée par la France en faveur des nationalités opprimées, qu'il est résolu à assurer par ses propres soins l'évolution de la Syrie vers une civilisation pacifique et qu'il défendra ses intérêts, dans la plus large mesure possible, devant les Alliés.

Agréez, Monsieur le Président, les assurances de ma considération très distinguée.

S. PICHON.

V

UN MILLION DE SYRIENS
RÉCLAMENT L'ASSISTANCE DE LA FRANCE

Le Comité Central Syrien a reçu des comités syriens-libanais aux colonies et à l'étranger les télégrammes suivants :

Pernambuco, le 12 décembre 1918.

Comité syrien Indépendance Syrie vous donne plein pouvoir demander au Congrès Paix que notre mère France soit chargée reconstitution Syrie intégrale, indépendante, fédérative.

Président : Charles KOURY.

Sao-Paulo, le 13 novembre 1918.

Membres bureau notre Comité Rio, Sao-Paulo, quarant-huit avons cinquante Comités au Brésil représentant avec nous opinion générale colonie. Notre politique indépendance Syrie-Liban sous l'égide France ; voulons Gouvernement République divisé trois Etats : Liban, Damas, Alep, centre Baalbeck ; tout Etat doit être indépendant comme Etats-Unis.

Signé : Nami JAFET.

Rio-de-Janeiro, le 10 décembre 1918.

Comité patriotique syrien-libanais au nom filiales et adhérents vous autorise demander Congrès Paix confier France constitution Syrie intégrale, indépendante, fédérative.

Président : Assad KALÉO.

La Paz (Bolivie), 22 décembre 1918.

Loyale Société syrienne-libanaise prie présenter M. Pichon, Ministre Affaires Etrangères France, ses profonds sentiments gratitude occasion de confirmation indépendance Syrie avec Gouvernement national syrien.

Président : Simon KHABAL.

Bello-Horizonte, le 22 décembre 1918.

Comité patriotique (Nova Syria) Bella Horizonte, capitale Minas, vous autorise demander Congrès Paix, France soit chargée reconstitution Syrie indépendante, intégrale, fédérative.

Président : Khalil Saad BEDRAN.

New-York, le 23 décembre 1918.

« Ligue syrienne libanaise libération », représentant grande majorité Syriens d'Amérique du Nord, comprenant notamment : Président Société Beyrouth-Damas-Tripoli-Homs, M. Salim-Mallouc, — représentant Syriens à célébration Mount-Vernon quatre juillet, — éditeurs journaux : *Ashaab, Assayeh, Alfatat, Elfunoon,* — secrétaires Association négociants syriens, — principaux marchands et écrivains syriens dans Amérique du Nord, vous donnent par la présente, autorisation complète de la représenter à Conférence avec instructions obtenir établissement dans Syrie intégrale Gouvernements autonomes fédérés mais réunis sous administration centrale, sous protectorat unique et direction France.

Président : TABET.

Dakar, décembre 1918.

Avons télégraphié Guinée Française vous câbler mandat au nom Colonie syrienne pour demander Congrès Paix que France soit chargée reconstitution Syrie intégrale, indépendante, fédérative.

Signé : JABRE, NAJA, RESK.

Thiès, décembre 1918.

Colonie Syrienne de Thiès dans sa réunion du 10 décembre en nombre de 27 a décidé de donner mandat Chekri Ganem demander Congrès Paix que France soit chargée reconstitution Syrie, intégrale en nation indépendante, fédérative.

Signé : Colonie Syrienne.

Conakry, décembre 1918.

Colonie syrienne du Chili vous prie la représenter Congrès Paix exprimer ses désirs que France soit chargée reconstitution intégrale, indépendante, fédérative : remerciements pour Colonie syrienne.

Signé : JABRE, KALIF, NAJA, CHIBAN.

Dakar, 24 décembre 1918.

Au nom Colonie syrienne Sénégal vous donnons mandat nous représenter pour demander Congrès Paix que France soit chargée reconstituer Syrie intégrale, en nation indépendante, fédérative.

Signé : Délégation syrienne.

Rivera (Uruguay), décembre 1918.

Comité syrien vous prie accepter mandat pour demander au Congrès Paix que France soit chargée d'obtenir reconstitution intégrale et indépendance Syrie fédérative.

Signé : NEMÉ.

Santiago-de-Chili, décembre 1918.

Colonie syrienne du Chili vous prie transmettre à son Excellence M. Pichon l'expression de leur profonde reconnaissance à l'occasion de son discours affirmant le libre exercice de nos libertés nationales, sous protectorat de notre amie séculaire la France.

Signé : Président TAUFIK BALESH.

Santiago-de-Chili, 26 décembre 1918.

Colonie syrienne au Chili vous prie défendre nos droits sur Palestine contre invasion israélite.

Ligue Syrienne : Président : TAUFIK BALESH.

Buenos-Ayres, 31 décembre 1918.

Société Union syrienne a décidé vous nommer son représentant pour défendre ses intérêts Syrie-Liban soutenir ses aspirations qui consistent indépendance sous protectorat France; espérons réponse affirmative.

Pour Union Syrienne : Président : COSTA.

New-York, janvier 1918.

Prière soumettre Ministre Pichon ce qui suit : Comme représentant grande opinion syrienne en Amérique, comme Président Ligue syrienne-libanaise libération aux Etats-Unis et secrétaire générale historique de Beyrouth pour les réformes, je tiens à exprimer ma vive gratitude au Ministre Affaires Etrangères pour ses déclarations Chambre Députés concernant politique France en Syrie-Liban-Palestine. J'espère idéalisme élevé mais mal dirigé privera pas Syrie du protectorat complet et contrôle effectif France, conditions particulières pays peu connues en France et Etats-Unis exigent impérieusement établissement protectorat.

Signé : TABET.

Los-Angelos, Californie, 9 décembre 1918.

Considérant que le peuple du Liban a été délivré du joug turc par la France et ses alliés, attendu que, en l'an 1848 et de nouveau en 1860 la France se porta au secours de la Syrie, empêcha la continuation du massacre de ses habitants et donna l'autonomie au Liban, attendu que la population libanaise aime la France en reconnaissance de ce qu'elle a fait dans l'intérêt de l'humanité et dans l'intérêt Liban, a émis le vœu que le Liban devienne indépendant sous la protection française.

La Colonie palestinienne de Paris, à M. le Président du Comité Central Syrien, pour être transmis à la Conférence de la Paix :

Confiants dans l'équité des Puissances victorieuses, nous sollicitons d'elles, en notre nom et au nom de tous nos concitoyens, sans distinction de confession, la reconnaissance par les représentants du droit, à la Conférence, de nos droits absolus de citoyens maîtres de la Palestine, notre patrimoine sacré, ainsi que de notre souveraineté nationale et de notre liberté de disposer de nous-mêmes en arbitres souverains comme citoyens d'une province de la Syrie libre et intégrale.

Le Caire, janvier 1919.

Réfère lettre informant constitution imminente Comité libano-yrien Egypte vous informons que Comité désormais définitivement constitué au Caire, Alexandrie, Tanta, Mansoura, Port-Saïd, yant plus de 1.200 adhérents ce jour, programme affranchissement Syrie, accès indépendance sous égide France, bases unité t intégrité et séparation syrienne de question arabe. Etant donné éunion Congrès Paix vous prions nous représenter et appuyer nos justes revendications, comptant sur France pour obtenir reconstitution syrienne intégrale, base fédérale excluant ingérence rabe et caractère religieux.

Comité : Sfer-pacha, *président;* Hakki Azm bey, *vice-président;* Zeinié, *secrétaire;* Name Ganem, *trésorier;* Chakkour pacha, Emir Mouktar Jazaïm, Amin bey Bistany, Dr Goraïb, Dr Assad Attiah, Rizallah Arcache, Sami Cosséry, Jean Khaouan, *membres.*

Sydney, janvier 1919.

L'Association syrienne maronite du Progrès d'Australie, représentant la communauté maronite d'Australie et comprenant la majorité de la population syrienne, ne peut que se réjouir de la déclaration faite par M. Pichon, ministre français des Affaires étrangères concernant le traité secret conclu entre la France et la Grande-Bretagne en 1916 dans laquelle le Mont-Liban et la Syrie sont cédés à la France. Avec l'approbation de toute la colonie maronite, l'Association envoie au Gouvernement français et au peuple français l'expression de sa cordiale et respectueuse gratitude pour le profond intérêt et l'admirable protection accordée à tout Syrien et particulièrement à chaque Maronite et croit sincèrement qu'à la Conférence de la Paix les délégués français suivront l'attitude adoptée par M. Pichon, et qu'ils demanderont indépendance du Mont-Liban et de la Syrie sous la protection et la suzeraineté de la France bien-aimée, la noble et héroïque contrée pour laquelle chaque Maronite est préparée à sacrifier sa propre existence.

IV

RÉSOLUTIONS
DU CONSEIL ADMINISTRATIF DU LIBAN

———

Décembre 1918.

Attendu que le Mont-Liban a, de tout temps, et notamment depuis la conquête turque de la Syrie sous le sultan Sélim Ier, joui d'un gouvernement national autonome ; que ce gouvernement comprenait le Liban et ses frontières géographiques et économiques et englobait même sous un de ses princes, le fameux émir Fakre-eddine Ma'ân, les villes d'Acre, de Caïffa et de Césarée ;

Attendu que cette autonomie n'a jamais été contestée, même par la Sublime-Porte, ainsi qu'il appert des instructions adressées par ledit gouvernement à Chekib effendi, envoyé en Syrie pour y rétablir l'ordre en 1845 ;

Attendu qu'en 1860 à la suite des événements regrettables fomentés par le gouvernement turc, l'Europe, dans la conférence de Beyrouth, a confirmé l'autonomie du Mont-Liban et a assuré à cette autonomie une forme nouvelle qu'elle a placée sous sa garantie (accords de 1861-1864) ;

Attendu que l'habileté du plénipotentiaire ottoman Fouad pacha a su exploiter les rivalités des Etats européens d'alors pour rendre illusoire le droit à l'autonomie qu'on reconnaissait au Liban, en le dépouillant de ses ports de Beyrouth, Saïda et Tripoli et leurs dépendances, d'un côté, et de ses plaines du Liban, de Baalbeck et de l'Anti-Liban, y compris les districts de Hasbaya et de Rachaya, de l'autre, ce qui réduit les Libanais à se disperser dans tous les coins du monde, si nombreux que plusieurs Etats ont dû prendre contre eux des lois particulières qui les assimilaient tantôt aux nègres et tantôt aux jaunes ;

Attendu que le Liban actuel ne produit en fait de céréales que ses besoins pour deux mois, qu'il suffit de lui fermer les ports et les plaines précités pour condamner sa population à la famine, ainsi que le cas s'est produit durant cette guerre où l'on a vu la moitié des habitants du pays mourir misérablement de faim ;

Attendu que, aujourd'hui, les peuples sont admis à présenter leurs revendications devant le plus grand tribunal de justice que l'humanité ait jamais institué,

Arrête ce qui suit :

Une délégation composée de : M. Daoud bey Ammoun, membre en exercice du Conseil administratif du Mont-Liban premier délégué ; de MM. Mahmoud Djoumblat, membre du Conseil administratif ; Abdallah Khouri, premier drogman du gouvernement libanais ; Emile Eddé, avocat ; Ibrahim bey Abou Khater, ancien préfet ; Abdel Halim effendi Hajar, ancien membre du Conseil général ; Tamer bey Hemadé, ancien président du tribunal, représentera le gouvernement autonome du Mont-Liban à la conférence de la paix pour transmettre et défendre les réclamations suivantes :

1º Extension du territoire du Liban actuel à ses limites historiques et géographiques et conforme à ses besoins économiques, de manière qu'il puisse constituer un pays capable d'assurer la vie de ses habitants, leur aisance et les besoins d'un guvernement régulier ;

2º Confirmation de l'autonomie de ce pays par son droit d'assurer son administration et sa justice par ses nationaux;

3º Institution pour le Mont-Liban d'une Chambre représentative élue par le peuple d'après le système de la représentation proportionnelle, pour assurer les droits des minorités. Cette Chambre aurait le droit de légiférer et jouirait de toutes les attributions des Parlements dans les pays démocratiques ;

4º L'appui du gouvernement français pour la réalisation des vœux précités, sa collaboration avec l'administration nationale pour répandre l'instruction publique, assurer le progrès du pays, effacer les causes de dissentiment et de discorde, assurer la marche des différents services sur les principes de la justice, de la liberté et de l'égalité, et enfin la garantie dudit gouvernement français de notre indépendance en question de manière à la protéger contre toute atteinte.

Paris, janvier 1919.

Pour copie conforme :
— Le Conseil du Comité Central Syrien.

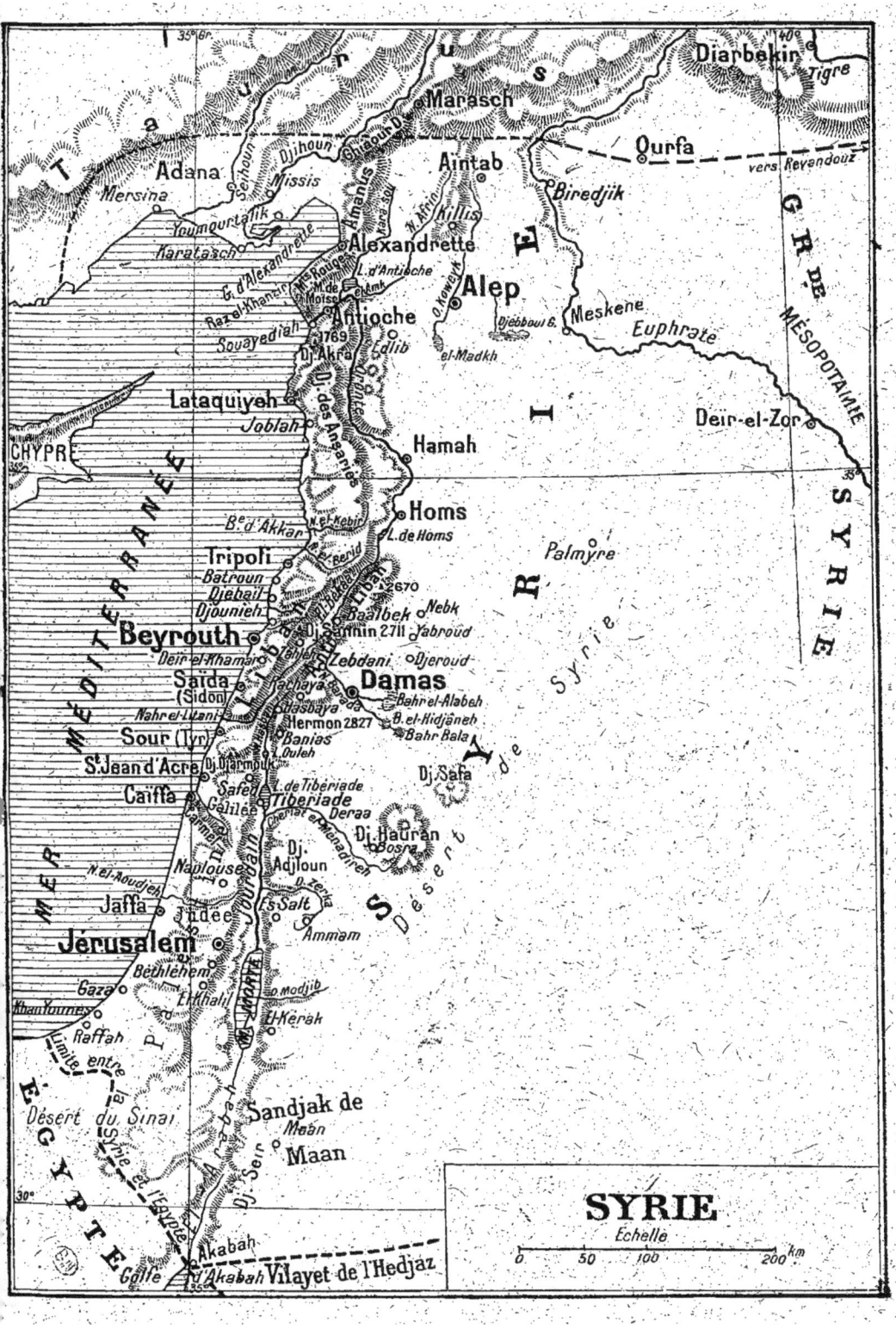

SYRIE

Echelle

0   50   100   200 km

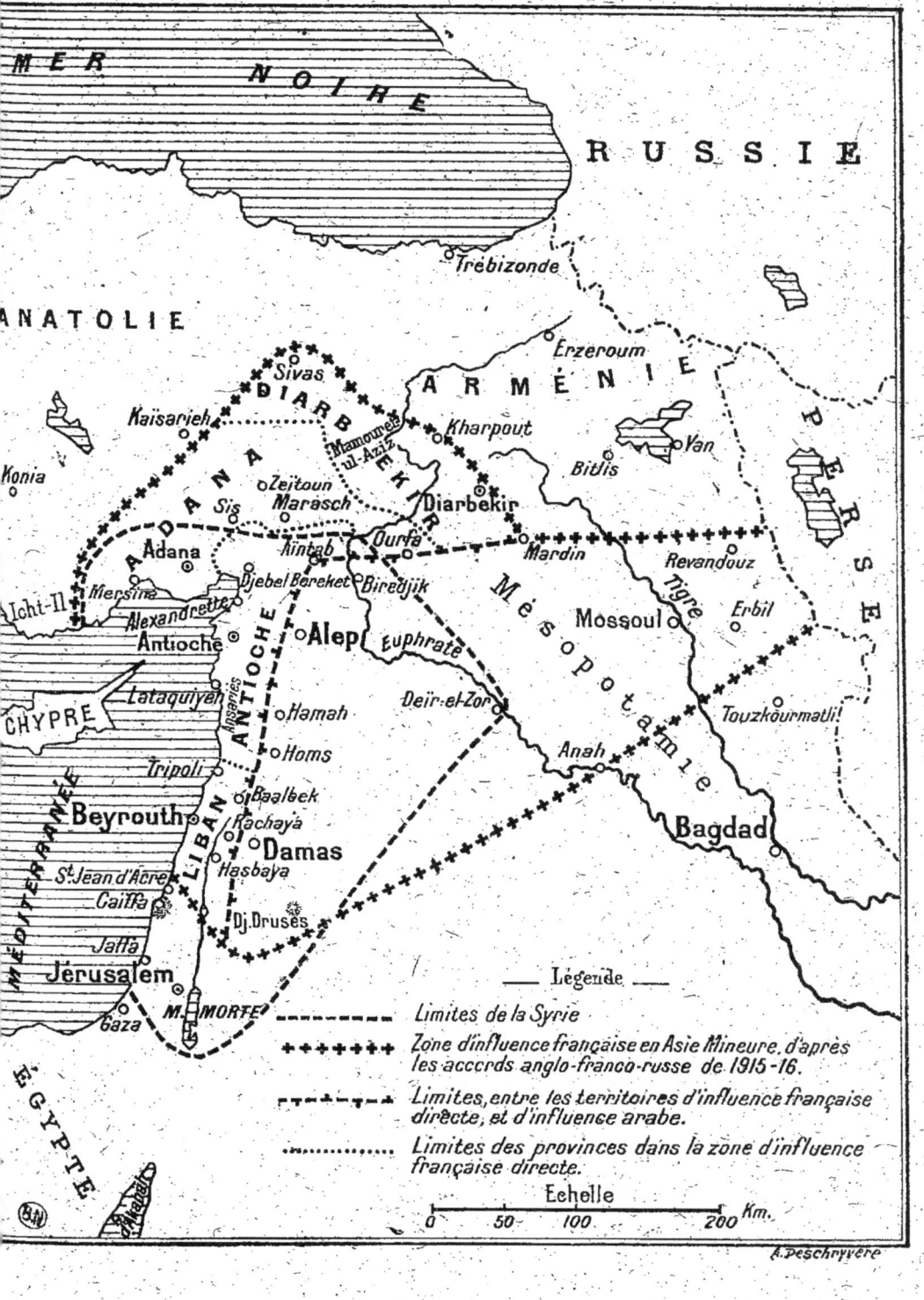

MER NOIRE

RUSSIE

ANATOLIE

Trébizonde

Erzeroum

ARMÉNIE

PERSE

Sivas

DIARBEK...

Kaisarieh

Kharpout

Mamouret
ul-Aziz

Van

Konia

Zeitoun
Marasch

Bitlis

Sis

Diarbekir

ADANA

Kintab

Ourfa

Mardin

Revandouz

Adana

Djebel Bereket

Biredjik

Mésopotamie

Tigre

Erbil

Mersine

Icht-Il

Alexandrette

Mossoul

Touzkourmatli

Antioche

ANTIOCHE

Alep

Euphrate

Lataquiyeh

CHYPRE

Ansaries

Hamah

Deir-el-Zor

Anah

Homs

Bagdad

MÉDITERRANÉE

Tripoli

Baalbek

LIBAN

Beyrouth

Rachaya

St Jean d'Acre

Damas

Caïffa

Hasbaya

Jaffa

Dj. Druses

Jérusalem

M. MORTE

Gaza

ÉGYPTE

——— Légende ———

— · — · — · — Limites de la Syrie

+ + + + + + Zone d'influence française en Asie Mineure, d'après
les accords anglo-franco-russe de 1915-16.

— - — - — Limites, entre les territoires d'influence française
directe, et d'influence arabe.

· · · · · · · · · Limites des provinces dans la zone d'influence
française directe.

Echelle

0   50   100   200   Km.

A. Peschryvere

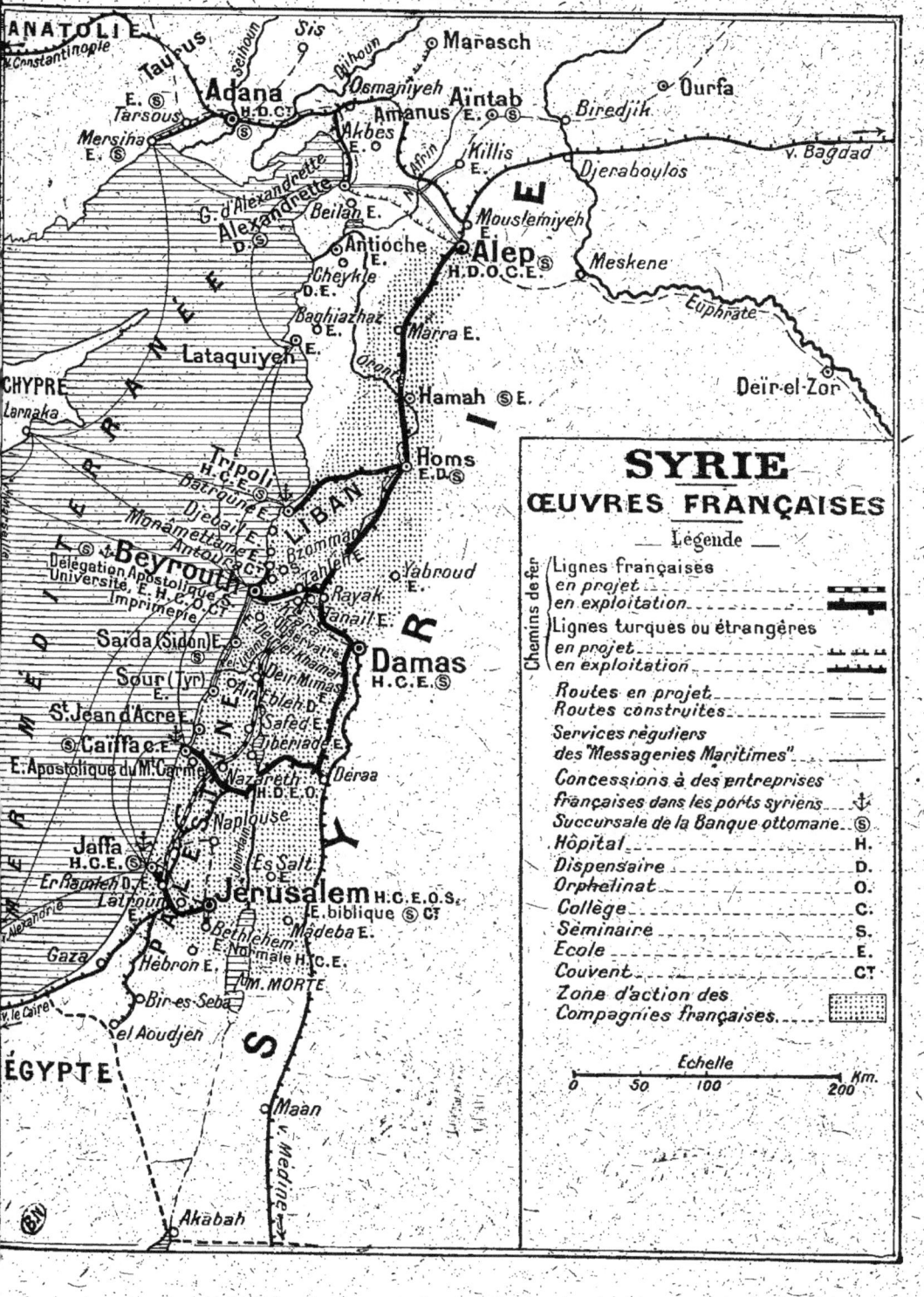

ANATOLIE
x Constantinople
Taurus
Seihoun
Sis
o Maresch
E. (s)
Adana
H.D.CT.
Tarsous
E. (s)
Mersina
E. (s)
Osmaniyeh o
Aintab E. (s)
Ourfa
Amanus
Biredjik
Akbes E. o
Afrin
Killis E.
Djeraboylos
v. Bagdad
E
G. d'Alexandrette
Alexandrette D. (s)
Beilan E.
Mouslemiyeh E.
Antioche E. o
Alep (s)
H.D.O.C.E. (s)
Meskene
Cheykle D.E.
Baghiazhar E.
Marra E.
Euphrate
Lataquiyeh
Oronte
Deïr-el-Zor
CHYPRE
Hamah (s)E.
Larnaka
Homs
E.D. (s)
Tripoli H.C.E.s
Batroune D.
Djebail E.
Monámetrane L.
Antous E.C.
Beyrouth
Bzomman
Zahlé E.
Yabroud E.
Délégation Apostolique
Université E.H.C.O.CT.
Imprimerie
Rayak
Yanaïl E.
Saïda (Sidon) E.
Damas
H.C.E. (s)
Sour (Tyr) E.
Deir Mimas
St. Jean d'Acre E.
Safed E.
Tibériade E.
Caïffa C.E.
E. Apostolique du M. Carmel
Nazareth H.D.E.O.
Déraa
Naplouse O.E.
Jaffa H.C.E.
Es Salt
Er Ramleh D.E.
Latroun O.E.
Jérusalem H.C.E.O.S.
E. biblique (s) CT.
Gaza
Hébron E.
Bethléem E.
Mádeba E.
E. Normale H.C.E.
M. MORTE
Bir-es-Seba
v. le Caire
Sel Aoudjeh
ÉGYPTE
Maan
v. Medine
Akabah

ANTI LIBAN

LIBAN

SYRIE

PALESTINE

CARTE DU LIBAN
ET DES PAYS QUI LUI ONT ÉTÉ ARRACHÉS
(Edition de la "CORRESPONDANCE D'ORIENT")
d'après
Chékri Curi et Habib Massoud
(São Paulo - Brésil)

Légende

------- Limites actuelles du Liban.
-+-+-+- Anciennes limites du Liban, revendiquées par les
Libanais, d'après la carte de l'Etat-Major français en 1860.
.... Limites des districts.
Echelle

PARIS

Imp. des Arts et Manufactures

M. BARNAGAUD, IMP.

8, Rue du Sentier, 8

www.ingramcontent.com/pod-product-compliance
Lightning Source LLC
Chambersburg PA
CBHW061613180626
46818CB00005B/2062